ESTRELAS BRILHAM, MASTIGAM LIXO

REUBEN

jabuticaba

Revisão: Rodrigo A. do Nascimento e Cláudia T. Alves
Design miolo: Marcelo F. Lotufo
Design capa: Bruna Kim
Imagem da capa: Gaya Cunha, "Círculos"

Dados Internacionais de Catalogação na Publicação (CIP) de acordo com ISBD
Elaborado por Vagner Rodolfo da Silva - CRB-8/9410

ISBN 978-85-93478-16-1

R672e
Rocha, Reuben da

Estrelas brilham, mastigam lixo / Reuben da Rocha. - São Paulo : Edições Jabuticaba, 2019.

108 p. ; 14cm x 21cm.

ISBN: 978-85-93478-16-1

1. Literatura brasileira. 2. Poesia. I. Título.

2019-1574

CDD 869.1
CDU 821.134.3(81)-1

Edições Jabuticaba
www.ediçõesjabuticaba.com.br
www.facebook.com.br/Edjabuticaba
instagram: @livrosjabuticaba

ÍNDICE

Alguém que sabe

Ele é da raça dos que têm pressa. Daqueles que são movidos por um desejo intenso de atender a cada um dos microimpulsos elétricos que animam a sua mente desperta, assim me parece, todo o tempo. O Reuben. Um disparador de complexas e ao mesmo tempo delicadas signagens. Que vive em outro tempo, só dele. Nem dele. Um tempo atravessado por outros tempos, pelos tempos de outros aos quais Reuben se irmana em sua caminhada aparentemente solitária. Porque ele é dos que conversam com tudo o que vive. Mais que isso: deixa que tudo o que vive flua dentro de si. & fale. Que o mundo se diga no que sou, eis a frase que o Reuben diz em silêncio, só dentro do coração, na minha fantasia de como se dá a relação diária dele com os assuntos que movem a sua poesia. Rezo para que cada pessoa que neste livro pegar aceite o convite para ler os poemas que o compõem com os mesmos olhos – em voz alta – de bicho vivo com que cada palavra, aqui, nos olha e se deixa olhar. Me faz contente constatar que alguém, na poesia nossa, sabe que "a estrela/ está lá/ onde o/ olho a vê/ e está aqui/ como o/ olho/ em você".

Ricardo Aleixo
Campo Alegre
agosto de 2019

ESTRELAS BRILHAM, MASTIGAM LIXO

(2010-2019)

A alma é a semente
para um novo corpo.

Jacob Boheme

FR
PRF
MRS

1. A EVIDÊNCIA DA LUZ

entra mar nas narinas
estou aqui para brincar

recheio de alma

o fruto da raiva
acaba em tristeza

os dias ruins depende
de como se vive

os bons

Vivo, vivaz
sangra sangue

a evidência
da luz

n'água
esgarçada

horizonte
drástico

proezas
do caminhão de
lixo

surgem pela noite os animais
e os cheiros misturados do rio e da mata
mergulhados até a cintura
colo curvo cheio de sementes
pequenos estigmas
ereções gritantes de plantas troncudas
quietude nem tanto
estes caules
foguetes certa vez
sombra grande
negrume rombudo no bojo do negro asfalto
presença impossível das águas

estive aqui muitas vezes
ainda acho bonito
estranhos seres levezas
entranhas paz precipícios

longínquas palmas parreiras
mosquitos febres minúsculas
dos músculos nascem os dentes
torrente de sangue mole
arrudas corujas répteis
cantares mares enguias
vermelho cheiro esplendores
amoras glórias terrestres

estive aqui muitas vezes
trinados círculos esferas
aladas estradas marinhas
cavalos cacos de vidro
instintos guias ancestres
cadentes ângulos oblíquos
estive aqui muitas vezes
agradecendo perigos

estive aqui muitas vezes
ainda acho bonito
justeza dos cajus raros
satélites dedos d'água
futuro raiz secreta
distâncias não retilíneas

estive aqui muitas vezes
vim antes de haver motivo
louvor dos pés aos ouvidos
retícula luminescente
solares crótons dementes
labaredas enérgicas

estive aqui desde cedo
reincidente celeste
fervendo oxigênio
prótons de pólens planetas
a graça plural dos átomos
cor íntima das partículas
estive aqui sem ter medo
nos peitos das águas vivas

Lua
crescente

um dia ardente
promissor

lábia ridente
dentes radiantes

radiador

tudo já
aconteceu

nada já
terminou

sentado no santo monte
streaming da consciência
serena semente forte
cantares do cogumelo
latidos vapores vagos
harmônicos e chiados

pernas ágeis
asas magras
no ar pesado

até o amor é
diferente
de si mesmo

nem meu amor
quero de
mão beijada

A gente fica mais alta
em campo aberto

gostosos doces aerados
na ponta da flecha

a lua nova sorri
secreta

as vozes cortam o ar sobre a relva
os rostos se fecham igual cicatrizes
um sim explode sim gargalhahaha
as plantas parecem imóveis
será que ouvem sirenes?
se distraído o coração parece estar parado
respira bem e torna-te palpável
virar na relva um viveiro de bichos
manchas solares saem dos vítreos
insetos no centro da esfera

atordoante derreter descer escadas
        primeiro ar do dia
rotação brutal dos ventos santos
        brutal força vento guia
florações abrasivas
        debaixo das pupilas
evapora sol sem hora
fumaça evola-se desforma-se
        eleva-se em ti adiante
chão nascente dos teus pés tubérculos
        antro de astros
umidade fértil

louco espanto líquido brilhar
onda elétrica força total
a mais lenta luz mais circular
um buraco negro entre os peitos
águas cristalinas da paciência
rio acima célula espiral

nesta hora
próxima do agora
ruas de ouro
brotos das pedras lisas
lambidas
por um sol muito
macio
respirar é uma arma
sutiliza o calor de baixo
pra cima

se quiser chegar
não precisa chegar cedo

é tão bom estar
elevados a nós mesmos

tropeço e entulhos e corações partidos
baseado em riste no risco da boca aos cacos
desvio e escapo à boferagem dos dervixes
e vibro o que posso entre as pernas do cosmos
só tenho olhos para os vãos urgentes dos vestidos
vestígios de pólvora no limiar dos sapatos
e incorporo a navalha da fala dos mendigos
e leio a sorte na azeitona no teu prato
enquanto espero paciente um sanduíche

na curva da cobra
nos cornos do touro
no couro do tigre
na voz do elefante

a força que puxa
a planta pro alto
e a mente
que se concentra
e se reparte
entre as
solas calmas
dos sapatos

o Capitão da Areia
que amava Lampião
e foi pro mato

mistério é dúvida e certeza
e move o mundo em segredo

em dias enlouquecidos
a vicissitude não se deixa esquecer

e o corpo fecunda o espaço
a lança carinhosa amanhece

mesmo que bípedes de várias espécies
não acarinhem mais as matizes

da fruta viva, aqui, onde se vive,
na hipnose do príncipe deste século

feche-se na sua flor e ñ dê brecha
o anel do orgulho fere o olho apenas ver
primeiro flecha da luz inevitável depois 1 beijo
no supercílio esquerdo
Ah se eu tivesse 1 ir e vir sombrio
mas meu calor me leva aa alegria
hábil em rir na raiva e na angústia

equilíbrio é justiça
   e o agir sem apego

encontra alguém
   consigo mesmo

é o universo, me leva
   em meu qorpo

   sempre vale a pena
dar um talento na tua vibe

   todo dia enlouquecia os pensamentos
ter de resolver o almoço

d vz em qd a areia me visita
urubus reviram o meio da ilha
boto fogo no corpo a pé na ponte
astronauta a pé no gargalo do dia
longes lobos-guarás assoviam

porosa noite
por entre o dia
por outra noite
poroso dia
por outra noite
de novo dia   de noite o dia
a rosa noite
de novo dia
por norte a noite
poroso dia
porosa noite

teu cabelo de espuma
sol cabeça de coruja
tuas pesadas ondas
teu cabelo no azul

é a segunda vez que dás o ar da graça

a primeira pássaro em pleno pouso
num braço de vento
abençoa e paira ao som do baile roots na praia

a segunda rosto rarefeito
luz difusa sol cabeça
de coruja sol cabeça
de coruja

riso montanha da mulher meticulosa
risonha
encorpada pacífica
até me impeço de jogar-me da janela ensandecida
tua revolta faz da angústia algo belo
desampara paradigmas estilo ligação direta

almejo as rotas circulares das panturrilhas deitadas
das pernas parrudas e das magras
baba fosca boca roxa mineral sem ostra coxas
gruta mole
círculo informe das delícias sem pressa

vaga fumaça que se dispersa
o homem sábio
é igual o animal que pressente
o tremor da terra e o precede
com o seu silêncio

ele pede me perdoe ao espírito da planta
cujo ramo deve cortar
sua aliança
é com as forças protetoras do planeta que habita

as harmonias do organismo
o altar do deus sem juízo

revoar
dos peixes
acrobatas
farpas
ferindo o ar
esplendor
das macaxeiras
borboletas bicam os grãos de sal
peixe boi
de boa
mais pesado
que o mar
boia na
maré morta
sargaços
enroscam
na garça torta

bananeiras

reinam na
ribanceira

coalhada de
brotos
palmas altas

vista alta
coisa rara

numa cidade
igual a essa

silvos

cifras de
pássaros e
pessoas

um citar
sobrevoa

circulos
de cogumelos
anéis
de bruxa
ela furou
e do tronco
do cajueiro
escorreu
cachaça
curtida
e mel

MUSHROOM
MUSHSUN
MUSHMOON

praça do sol às 3 da tarde
risca o fósforo do incendiário
praça do sol às 3 da tarde
abre o nariz p o fedor dos muros
praça do sol às 3 da tarde
esconde a senha dos holocaustos
praça do sol às 3 da tarde
enerva cada coração covarde
praça do sol às 3 da tarde
escangalha os mísseis da glória
praça do sol às 3 da tarde
despista o fumo dos policiais
praça do sol às 3 da tarde
aponta a sombra p o cego
ampara o baque das ondas
ergue a lombra do pipoqueiro
acorda a renca dos ventos
loas ao biquíni túrgido
praça do sol às 3 da tarde
devora a muvuca das gentes
ouve o reggae das bacantes
cede teus bancos às fodas
legisla a rixa dos traficantes
praça do sol às 3 da tarde
abre tuas pernas p os pivetes
engole o mijo da criança

a perda
está contida n
a possibilidade d
a perda
está para quem a possui = a coisa q
também a coisa q
ainda possui

caixa
pares de sapato
graus de febre

quem sabe q vai vive a ida
e vemos em volta = estrelas
faíscas
no retrovisor do
futuro

e se olhamos p fora
olhamos p trás no tempo
através da história
do universo

e depois dalgum tempo
chegamos ao
Big Bang

dias ñ passam na casa do sol

silêncio nos limites do tempo

os galhos novos nos atingem

a força cresce das raízes

ciborgues mascam uvas de vidro

humano pássaro na passarela d
metal. vetores altos indo reto.
pesado pássaro 1 peso carrega.
planos e retas te apertam.
persegue entradas. fraga
brechas. humano vago d rosto
fechado passa reto. saídas
repentinas rostos repetidos.
casas sempre abertas.

tira a sandália e abre a asa
desata o caroço do cadarço
  nem sempre é fácil
    atravessar a rua
nem disse tchau fiquei a boca muda
sei um atalho para a tua estrela
reviro os olhos no voo d'abelha
    teu nome aceso na cinza do skank
acorda a saudade nossa pena doce
        um saci assombrado
brinca de roda no meu olho pasmo
    teu umbigo calma cura
      veloz e livre danço igual um grilo
febril e firme sou a terra dura

a velha pariu um sonho   a duna comeu a cidade
em cima da terra   debaixo da lua cheia
garis dormem no galho da goiabeira
no colo da grama
na raiz que rasga a cerca

banhados ñ

vestidos
d sol

areia movida a pilha

espinha d peixe
radioativo

cabeças brisadas no mangue

Ornette Coleman desceu a esse planeta um dia
com uma criança despida de espécie no colo
soprando o ar agudo da trombeta solo
marulho lança das noites acesas
dançando à beira dos buracos negros
sendo capaz de sugar impurezas, as
energias cabulosas, estranhas,
Ornette Coleman desceu a montanha
vestido em roupas d'água e cascas d'árvore
certos sinais, cristais comuns, flores crespas

a saia dela voou
por cima do vendaval

foi um gesto de amor
do espaço sideral

Horas de fluxo aural

tua saúde faz crescer minha semente
a tua astúcia lambo os calcanhares
simplíssimo peito escancarado
tacho ariado a areia
esfolado
numa simples fodinha
os dentes brilham mais até que os olhos
ligados
discretamente olha pra o lado e goza
na rua
para que o mundo venha a mim total desejo
eu devo ter uma abertura esplêndida
gozar te deixa tão segura imensa
suspensa simples criatura esgazeada

Atração universal dos qorpos

      braços veiúdos
   rios parrudos em leito d ossos secos
   escamas luzem os vãos mínimos
dos dedos
em prontidão igual os olhos do arqueiro
   se eu brigar com a minha tara eu
vou me machucar
      auscultei a terra, eu te louvo,
eu flagro d relance as tuas costelas
         sob a abóbada pérola
enquanto o sol finda seu turno na Terra
sem timidez curtir alguém nos destroços
      porque hoje em dia
as pirâmides têm a forma das palafitas
e tu só goza se for acima da morte

Emissões pélvicas d luz

1 qorpo danifica-se
para chegar a si msm
o tempo danifica-se

observa a ti msm
discretamente
= faz c qlqr pessoa

qlqr pessoa queira e possa te encontrar
deformado d autêntico esplendor

o correr do tempo ñ hierarquiza os fatos
podes morrer mas regeneras rápido

e voltas
p danificar a
divisão do
trabalho

A língua brasileira é rica no campo dos venenos.
Chá com King Mob. Telepatas fazem apelos
por um uso parcimonioso da razão.

   nem sempre lembro de aparar as unhas
desato mistérios com a mesma entrega
no céu aberto da boca
   o rapto do peixe no bucho da gaivota
a semente se abriu com o raio
bonito é o cheiro de cerveja de manhã na rua
luzente uma esquina sequer sem coveiros
   instintiva a fé
de que o universo todo é só uma tatuagem
na concha preta e pérola
do umbigo de meu bem
   veio
cedo
o dom
   da rápida mudança
         o ritmo que a morte marca
         o ritmo que a morte rompe

qebrar os qopos ñ qonter mais nada
vender os óqlos leiloar os ossos
encher os bolsos com moedas falsas
qaber o tempo n1 onda n'água
tanta cidade ñ sei nem mais qontar
resta-me estar a estrelas de distância
andar os anos nessa msm ânsia
molhar os olhos n1 espelho fosqo
varar a noite tua sombra roxa
morder as qoxas boas da alegria
qerer o dia qaso o qorpo qaiba
vedar janelas mas o sol esqapa
qebrar os qopos ñ qonter mais nada

o copo dos amigos batizo com mel e cerveja
espelhos duplicam o limite
da superfície indelével
conversas levitam leves costuras
nos seixos do espaço
abelhas gravitam no vácuo dos gomos
das salas de cera
o copo dos amigos não deixo
esquentar sobre a mesa
encontros tenazes sem fim nem começo
o ar harmoniza uníssonos e dissonâncias
as dádivas doces, bem aventuranças,
graças decisivas
nossa itinerância nos favos do nada invisível
o sopro nas asas dos alvéolos pulmonares
o plexo sereno entre as guelras
da mente em conflito
as cesuras lisas dos risos prolíferos
dois corpos colidem no tempo
sugerem um novo perímetro
estrelas priscas constelam o bojo dos rostos
nos ramos floridos dos mortos
as coroas eram cabeças de santos

com a paciência do incenso
atento à sapiência dos ventos
um pássaro de longas pernas
decifra signos extraterrestres
deixados aos cuidados apenas
das plantas bichos alados
insetos e pequenos répteis

/ altura dos olhos / luz dos satélites /
brilho afluente / mares celestes
/ concórdia cadente / sinais ascendentes /

/ furdunço de pedras / na caixa prego / respira a /
pedra / cheia de / bichos / me lanço / à onda e
/ beiro logo a orla / indague o oceano / sobre
território /

amarelo
decomposto

folhas findas
vespas pássaros

gatos
rãs

meios-dias
terraços

ventos claros
coroas de Eros

sonoras tardes
taras

goiabas

um ócio
um agarro

banco d areia
baleia branca
leito liso
praia rasa perto d casa
algas línguas
na orla
metros de espuma grossa

ê olho d'água
olha por mim
molha meu olho
ondula a água
ê olho d'água
ê olho d'água

chega o cheiro da chuva passa
o rasta faz sinal o céu desaba
dispersa o baculejo na zona
o astronauta cruza a rua
pousa vaza ñ recua
da experiência mundo
se despega da perda
entra noutra estória

quando escuta-se a voz e ñ se entende
nada
farinha d'água mandioca
amarga
pão dos trópicos
pórtico da noite tez do céu

deu na castanheira carne vegetal

chão grosso polvilhar d aromas

nas cavidades do caule
                                                  da copaíba

atração dos líquidos
                                                  vegetais
pela carne e da carne
pelos líquidos
                                                  vegetais

energia   gentil ter intento

as possibilidades acometem

arcos futuros alçados mil anos
                                                  atrás

FIRE
PROOF
MARES

ATURDIDO
PERPLEXO

2. RISONHA

Você é tão engraçada. Tuas caretas, quando você brinca, têm uma aura rara de máscara da sorte. As linhas risonhas da tua cara incrível de lua completa, vibrátil, visível, esplêndida. Seguir com os meus olhos o teu rosto é igual sentir na boca um doce muito leve ou delicado, gosto facetado, quase um cheiro, só, ao longo de mim

Grudo a minha boca nas tuas coxas curtas, encorpadas, meio másculas mesmo, musculosas, te incomodam um pouco, eu sei, você não quer o dom de andrógina, e para mim são míticas as tuas coxas, eternas, por onde vibra o olor dos mares lentos

Você tem cheiro de mar por entre as pernas, mar parado, meio manso, mistura marinha de constância e paciência, forte olor da buceta, mar de pouco movimento, temperado pelo tempo, o cheiro que sobe da água das baías, o acúmulo das marés

No intervalo aerado entre nós dois eu sinto a derrocada do tempo transcorrer ao contrário. Rejuvenesço nos óleos espontâneos das tuas mucosas aquíferas, te agradeço

Na pontinha da minha língua infinda minha vida transcorre toda embaixo da tua estrela escura, acima dos teus dedos, pontiagudos, dedinhos corroídos pelos lados pelos dentes úmidos. Minha vida se extrema toda na ponta dos meus poucos pelos, magnetizados nos matizes da tua abertura funda, serena, aguda. Tu me revela os extremos sem te exasperar

Calma desejosa do toque avermelhado em carne viva dos dedos roídos dela. Parece gostoso roer os dedos vendo a novela. E eu atado àquelas coxas firmes, reluzindo na luz do abajur uma força total, que não sei ver direito e mesmo cego acendo minhas velas

Tu prefere sempre a solução ao problema. Você vê o problema na extensão total de seu tamanho ínfimo. Você não esquenta com isso. É bonito, teus sossegados desígnios íntimos. Teu nome vibra nas paredes do quarto aos meus berros gargalhados. Eu rio forte quando tu me come, rio mais alto com meu cu erguido por teu grelo

Joguei o amor por ti na mão do caos e agora o saboreio com um ímpeto fresco. A pauta da realidade dominante é muito restritiva. A cada mês me entrego à entropia do teu sangue, me ensopo, no mar mênstruo do teu ventre exalando ferrugem. E se descansas, também me deito, atento aos tons aéreos do teu sono, e sonho sorver o ouro lodoso das tuas calcinhas

RES

FRF
PRS
MR

3. GUIADO POR MINHA ESTRELA

[Gregory Corso]

a estrela
está lá
onde o
olho a vê
e está aqui
como o
olho
em você

caminho de volta
[Vicente Huidobro]

Eu sou aquele que saiu faz um ano da sua terra
Buscando distâncias de vida e morte
Seu próprio coração e o coração do mundo
Quando o vento assoviava nas entranhas
No pôr do sol gigante sem memória

Guiado por minha estrela
Com o peito vazio
E os olhos cravados na altura
Fui buscar meu destino

Ó meus bons amigos
Vocês me reconhecem?
Eu vivi uma vida que não se pode viver
E tu, poesia, não me abandonou um só instante
Ó meus amigos aqui estou
Vocês sabem acaso o que eu era
Já ninguém sabe mais o que sou

O vento me fez vento
A sombra me fez sombra
O horizonte me fez horizonte misturado a tudo
A tarde me fez tarde
A manhã me fez manhã para cantar de novo

Ó poeta, estes olhos terríveis
Este passo de alma de aço e bondade de mármore
Eu sou aquele que chegou ao fim do último caminho
e retorna talvez com outro passo

Faço, ao andar, o ruído da morte
E se meus olhos dizem
Quanta vida eu vivi, quanta morte morri,
Eles bem poderiam dizer
Quanta vida morri e quanta morte vivi

Ó meus mortos! Ó meus queridos espectros!
A noite deixou noite em meus cabelos.
Onde estive? Onde andei?
Era ausência, aquela, ou era maior presença?

Quando as pedras ouvem o meu passo
Elas sentem uma ternura lhes crescer na alma
Fazem sinais furtivos e falam baixo
Ali se achega o bom amigo
O homem das distâncias
Que vem cansado de tanta morte nos ombros
De tanta vida no peito
E busca onde passar a noite

Eis-me aqui diante dos vossos olhos limpos
Eis-me aqui trajando distâncias
Ficaram para trás as nuvens negras
Os anos de trevas perdidos no antro
Trago a alma lavada pelo fogo
Vós me chamais sem saber a quem chamais
Trago um cristal sem sombra um coração que não decai
A imagem do nada e um rosto que sorri
Trago um amor tão semelhante ao universo
A poesia me abriu o caminho
Já não há banalidades na minha vida
Quem guiou meus passos de modo tão certeiro?
Meus olhos dizem àqueles que caíram

Disparai contra mim vossos dardos
Vingai em mim vossas angústias
Vingai em mim vossos fracassos
Eu sou invulnerável
Tomei para mim um lugar no céu igual ao silêncio

Os séculos da terra me caem nos braços
Sou eu, amigos, o viajante sem fim
As asas da grande aventura
Batiam entre invernos e verões...
Olhem como sobem estrelas em minha alma
Desde que expulsei o tempo obscuro

Como poderemos nos entender?
Eis-me aqui de regresso de onde não se retorna
Compaixão das ondas e piedade dos astros
Tanto tempo perdido! Este é o homem das distâncias
Ele circundava as páginas dos mortos
Sem tempo sem espaço sem coração sem sangue
Ele andava de um lado a outro
Desesperado em meio às trevas
Sozinho no vazio
qual um cão ladrando ao fundo de um abismo

Ó vocês todos! Ó meus bons amigos!
Os que tocaram minhas mãos
O que foi que tocaram?
Vocês que ouviram minha voz
O que ouviram?
Contemplaram meus olhos
E o que contemplaram?
Já perdi tudo e ganhei
Nem mesmo peço

A vida que me cabe
Nem montanhas de fogo ou mares lavrados
O que perdi não se compara ao que ganhei
Assim é a viagem ao fim do mundo
E esta é a coroa de sangue da grande experiência
Ganhei da minha estrela a coroa
Onde estive, onde estou?
As árvores choram, o pássaro canta inconsolável
Canta: quem é o morto?
O vento me soluça: que inquietude me deste!
Algumas flores exclamam:
Está vivo ainda?
Quem é o morto?
As águas tristes gemem:
Quem morreu nessas terras?

Agora sei o que sou e o que era
Conheço a distância do homem até a verdade
Conheço a palavra amada dos mortos
Este é aquele que chorou o mundo, chorou resplendores
As lágrimas se dilatam
E giram sobre seu eixo
Eis-me aqui
Como poderemos entender-nos Como saber o que falamos
Há tantos mortos me chamando
Ali onde a terra perde seu ruído
Ali onde me esperam meus mortos queridos
Queridos espectros
Olhem-me, eu vos amo tanto, mas sou estrangeiro
Quem saiu da sua terra
          sem saber a largura da aventura?
Ao estender as asas
Ele mesmo não sabia qual era seu voo

Vosso tempo e vosso espaço
Não são meu espaço nem tempo
Quem é o estrangeiro? Reconheceis seu andar?
É aquele que volta com um sabor de eternidade na garganta
        Um cheiro de esquecimento nos cabelos
        Um som de veios misteriosos
É esse que chora o universo
E ultrapassou a morte e o rumor da selva secreta
Agora sou impalpável como certas sementes
Que o próprio vento que as leva não as sente
Ó poesia nosso reino começa

Este é aquele que dormiu muitas vezes
Ali onde se deve estar alerta
Onde as rochas proíbem a palavra
Ali onde se confundem a morte e o canto do mar
Agora sei que fui buscar as chaves
Eis aqui as chaves
Quem as perdera?
Por quanto tempo?
Ninguém encontrou as chaves perdidas no tempo e na fumaça
Tantos séculos perdidas!
No fundo das tumbas
No fundo dos mares
No fundo do sussurro dos ventos
No fundo do silêncio
Eis aqui os signos
Tanto tempo esquecidos!
E então, amigo, quem nos vai dizê-los?
Quem pode compreender-te? Donde vens?
Onde estavas? No alto ou abaixo?
Andavas pela História de mãos dadas com a morte

Ó irmão nada direi
Quando tocares o que ninguém mais toca
Vais querer um silêncio maior que o das árvores

velar da madrugada
[Maria Sabina]

eu sou a mulher da grande expansão da água
eu sou a mulher da extensão do divino mar
eu sou um rio mulher
a mulher da água corrente
mulher que busca e pondera
mulher de mãos e medidas
mulher mestra em medidas

eu sou mulher santa
um espírito mulher
a mulher da claridade
mulher da manhã
mulher que está pronta
porque sou a mulher que lampeja
a mulher que troveja
aquela que grita
aquela que venta

mulher estrela da manhã
mulher cruzeiro do sul
mulher constelação da sandália, diz
mulher constelação do cavalo, diz
eis teu relógio, diz
eis o teu livro, diz
eu sou a pequena mulher da antiga nascente, diz
eu sou a pequena mulher da sagrada nascente, diz

mulher pássaro murmurante, diz
mulher que espalha as grandes asas, diz

eu assim primordial descendo
eu assim simbólica descendo
descendo com ternura
descendo com o orvalho
teu livro, meu Pai, diz
teu livro, meu Pai, diz
mulher palhaço debaixo d'água, diz
mulher palhaço embaixo do mar, diz
porque sou a filha de Cristo
a filha de Maria, diz

eu sou a mulher das letras, diz
eu sou um livro mulher, diz
ninguém consegue fechar meu livro, diz
ninguém pode tirar de mim meu livro, diz
meu livro encontrado debaixo d'água, diz
meu livro de orações

eu sou a mãe e a mulher, diz
mãe mulher debaixo d'água, diz
a mulher das boas palavras, diz
sou mulher de música, diz
sou a sábia mulher adivinha

eu sou a mulher da lagoa, diz
eu sou a mulher das subidas, diz
eu sou a mulher Estrela da Manhã, diz
sou a mulher cometa, diz
eu sou a mulher que escorre pela água, diz
eu sou a mulher que escorre pelos mares, diz
mulher que olha para dentro
mulher sábia em medicina, diz

mulher sábia em linguagem, diz
sou mulher de sabedoria, diz
sou mulher colibri, diz
sou mulher colibri, diz

nossa mulher meteorito aéreo
nossa mulher meteorito aéreo
nossa mulher redemoinho
nossa mulher lá de cima
mulher água suprema
eu sou a mulher que se veste bem
eu sou a mulher altiva
ah, é Jesus Cristo, diz
eis a mulher cristalina, diz
eis a mulher arrumada, diz
eis a aurora cristalina
eis a aurora arrumada
eis a aurora arrumada

a um um um um, diz
santo, diz
santa, diz
santo, tu que és santo, tu que és santo
tu que és santa, santo, santo, santa
tu, dito santo
tu que és dita santa
sou parteira mulher
sou mulher de conquista
que negocia e autoriza
sou mulher de pensar
sou mulher de sentar
mulher de ficar em pé

tu, mãe pastora
tu és a mãe, diz
mãe que dá vida
mãe que se move, diz
mãe que dá brisa
leite de orvalho, diz
mãe parideira
mãe que se ergue
tu, mãe de leite
tu, mãe com peitos, diz
mãe tenra
mãe terna
mãe verde
mãe fresca
mãe crescente

[e. e. cummings]

vive os sonhos
ou um slogan pode te vencer
(árvores são as raízes
e vento é vento)

confia no coração
se o mar pegar fogo
(e vive do amor
mesmo ao revés das estrelas)

honra o passado
recebe o futuro
(e dança até a morte
sair fora da festa)

tanto faz o mundo
seus heróis e vilões
(das meninas deus gosta
do amanhã e da terra)

POSFÁCIO

Às vezes penso que um verso é um lampejo de nitidez que salta do emaranhado das coisas. Uma lasca que o ouvido decalca, o gesto do corpo escuta, transmite e inventa a energia do som – o poema é uma vazante de conhecimento contido em si, assim como um caule, riacho, besouro ou uma concha. Respiram. Palavra. Memória: quis me tornar amiga do Reuben quando li seus poemas na versão virtual da *Modo de Usar & Co.* Isso aconteceu mais pro começo desta década. Passados alguns anos as minhas impressões admiradas de leitora do seu trabalho se aprofundam em rasgos, clarões de sentidos, revelações. Fissuras por onde a luz passa. Me abalam, reorientam como um chamado, dão perspectiva alinhando frequências, como revela um verso deste livro: são "streaming da consciência", sintonização.

Como uma vulva pulsante, a frequência sísmica do magma do planeta está em movimento, mas poucos escutam tal profundidade ruidosa. Estão preocupados com coisas irrefletidas. Já o poeta vem respirando num balanço meio de ancas, meio de mar, quando o Reuben vem andando a gente pode mesmo ver nos seus pés que eles têm ouvidos capazes de escutar os terremotos em formação. Muito antes o poeta sabe e no durante o poeta enfrenta com coragem as situações dos extremos. Se atira "sem ter medo / nos peitos das águas vivas". Cito do mesmo poema: "estive aqui desde cedo / reincidente celeste / fervendo oxigênio", na mutação das trocas constantes, a consciência é como uma placa de platina transmutada pela oxidação. Os versos deste livro se acendem em respirações movidas pelo fogo dos primórdios, atritando peças cósmicas, acarinhando vitalidades. Penso que os poemas deste livro têm aquela qualificação de algumas substâncias: expansores de consciência. Como fósforos riscados, o papel é a haste, as palavras são a pólvora e se cada verso produz uma faísca, estes poemas são ardências que se alastram por neurônios e poros, deslocando o que estava naturalizado, congelado ou morto numa consciência. Os poemas do Reuben curam porque acordam.

Acho curioso me ver a afirmá-lo assim ígneo & terrestre, já que há anos convivo com a sensação de que pra conseguir falar sobre os poemas do Reuben seria preciso de algum modo ir a Vênus e voltar com escala em Júpiter. Como nessa jornada o tempo terrestre teria passado de forma avassaladoramente diferente do espaço sideral, ao voltar eu chegaria no ano de 2250 e assim teria, finalmente, adquirido uma língua capaz de nomear esses poemas – mas, certamente, estaria lancinada por uma dúvida de saber se o ano seria o de 2250 a. C. ou d. C. E aqui estamos, leitores, nas últimas páginas deste *estrelas brilham, mastigam lixo*, que nos reinicia na órbita da degustação universal e deglutidora do tempo.

Este livro parece nascido da convivência e da pesquisa vertiginosa do desconhecido latente em cada coisa e instante. É como se o Reuben aproximasse o umbigo, colasse a barriga no canal do transcendente e cantasse. Quero dizer, nestes poemas toda palavra apresenta uma radiação eficiente, penetrante, singular e comovente. É como se os versos torcessem as palavras, extraindo um sumo de cada uma pela sua silabação. Com essa intensificação as partículas sonoras dançam, se aproximam e repelem por semelhança e distinção. É daí, desta aproximação das estruturas atômicas, que vem a força de reinício a que estes poemas impelem. A força sonora destes versos também reocupa as semânticas de cada palavra, é pelas relações entre umas e outras que as palavras se orbitam, cada qual com o seu peso e a sua gravidade. Os versos parecem ter a força centrípeta dos minerais quando formam um quartzo, uma rocha, o poema. É talvez por antítese que esses poemas buscam tantas vezes a leveza, o sutil, afinal, é o que dá a liga entre as coisas.

Também considero fundamental a reocupação que os poemas deste livro fazem da beleza como trabalho poético. A beleza que não é clichê, tênue linha que avulta. Luz acesa nas coisas, a beleza é uma chave de acesso vital. Observador perspicaz dos habitats da beleza, ou melhor, das pluralidades da beleza, tanto a hospitaleira que se esparrama nas calmarias, como a beleza inóspita que vive no nojo. Criva com elegância a pacificação da harmonia e o requinte do que apodrece sem nunca produzir polaridades, tipificações, normatividades. A liberdade presente na consciência deste *estrelas brilham, mastigam lixo* parece estar em não reiterar, não reproduzir, não compactuar com nada que seja hierárquico ou mesmo cartesiano. É por isso, talvez, que os poemas deste livro recusam conexões demasiadamente lineares ou discursivas. O Reuben recusa reiteradamente colocar a voz do poema no lugar do palanque ou do púlpito e, dado também o status quo do contemporâneo, mora nisto uma radical sabedoria política.

Estética que é ética e vice-versa. É fluxo dos efeitos de um corpo caminhante. Pelo movimento do caminho os olhos escutam o cheiro do mijo, a putrefação do lixo, a sorte em um caroço de azeitona, o sol batendo quente nas pedras iluminadas. O conhecimento está nas migalhas, se revela nos pássaros, é cotidiano, está no grafite, no skate, na maconha, nos livros antigos e novos, no dub, nas muitas mídias dos sentidos. E o Reuben consegue falar de coisas como a integridade da paciência, ou a vitalidade da brusquidão sem trazer o tédio dos enigmas decifrados, ou o autoritarismo das respostas solucionadas.

Tão generosas como impiedosas, as observações dos poemas deste livro são cheias de olfatos eróticos que vão reconhecendo o território, enquanto o inventam e sentem. O poema, esse território, onde o Reuben move-se audacioso e discreto como um leopardo, ou melhor, como uma onça sentindo o cheiro do sexo marcado nas folhas por outro animal que esteve ali logo antes. A onça salta do arbusto ou fica lá de dentro fitando? Por vezes imediato ou por mais que demore, lentamente, verso a verso, cada poema se abre aos sentidos. Tudo neles ensina as múltiplas magias do possível e nada é mestre, nada detém o pulsante múltiplo. Forças energéticas colaboram e divergem entre si, rodeadas por princípios de vigor e delicadeza. O som é a sabedoria.

Como códigos que abrem uma mala, os versos também são contornos mágicos, decifrações com incontáveis chaves de acesso e sentidos possíveis, entroncamentos de ligações que se realizam conforme os olhos de quem lê, as pulsações de quem sente, as latências de quem ouve. Entendo que por intensificarem de lucidez cada palavra colocada nos versos, os poemas deste *estrelas brilham, mastigam lixo* produzem zilhões de acessos. É muito radical o modo como os poemas do Reuben trabalham as questões dos códigos, por vezes recriando grafias para longe das normas ortográficas, introduzindo expressões sintetizadas das trocas da internet ou dos pixos, mas também por intensificarem sonoridades que reinventam semânticas e reorganizam sintaxes. Por trabalharem a todo momento com alta consciência de quais códigos abrem ou fecham as encruzilhadas, os versos deste livro conseguem efeitos ligados à revelação do oculto, são gestos de acesso a entendimentos, mirações, canais, versos que convidam a conviver com os enigmas e as decifrações. Ao mesmo tempo que utilizam os instrumentos do acesso e da decifração, me parece que os poemas deste livro também incluem as sobras do código, a porosidade dos restos, as chaves que entortaram ao tentar abrir um cadeado que não era o delas. Novamente a não-hierarquia se apresenta nesta poética. No limite é porque não há cadeado nenhum, está tudo disponível a ser.

Júlia de Carvalho Hansen

Reuben (São Luís do Maranhão, 1984) é poeta, artista sonoro e visual. Publicou quase dez livros, entre os quais *Escaldante*, *Siga os sinais na brasa longa do haxixe*, *O sequestro fulminante do embaixador Elbrik* e *Um pensamento estranho atravessa o meu crânio e desce até as entranhas*. Seu trabalho mais recente é o disco de poesia sonora REUBEN!?, disponível digitalmente. Organizou diversas mostras de poesia intermídia e coordenou trabalhos cênicos coletivos de natureza multimídia e interdisciplinar.

"Fireproof mares" é uma série visual composta sobre um verso de Joaquim de Sousândrade. Consistiu em uma ação gráfica com pedras descartadas pela construção civil, espécie de pixação móvel cujos objetos resultantes foram abandonados nas ruas de São Paulo em uma deriva fotográfica. "Aturdido perplexo" (p. 66-67) segue o mesmo princípio, e faz referência a um verso de Jalal ud-Din Rumi, e a uma canção de Gonzaguinha.

Outros títulos das Edições Jabuticaba

Sereia no copo d'água
Nina Rizzi
posfácio Estela Rosa

Por qual árvore espero
Eileen Myles
trad. Mariana Ruggieri, Camila Assad e Cesare Rodrigues

Variações sobre tonéis de chuva
Jan Wagner
trad. Douglas Pompeu

A invenção dos subúrbios
Daniel Francoy
posfácio Guilherme Gontijo Flores

Que tempos são estes
Adrienne Rich
trad. Marcelo F. Lotufo

Por trás e pela frente primeiro
Kurt Schwitters
trad. Douglas Pompeu

As Helenas de Troia, NY
Bernadette Mayer
trad. Mariana Ruggieri

O método Albertine
Anne Carson
trad. Vilma Arêas e Francisco Guimarães

O hábito da perfeição
Gerard Manley Hopkins
trad. Luís Bueno

Os elétrons (não) são todos iguais
Rosmarie Waldrop
trad. Marcelo F. Lotufo

Cálamo
Walt Whitman
trad. Eric Mitchell Sabinson

Nocaute / 6 poetas / Cuba / hoje
org. José Ramón Sánchez
trad. Rodrigo A. do Nascimento e Mariana Ruggieri

Diário de classe
Antonio Arnoni Prado
apresentação Vilma Arêas

Sotto voce e outros poemas
John Yau
trad. Marcelo F. Lotufo

jabuticaba

Este livro foi impresso na gráfica Forma Certa, em papel pólen soft 80 g/m² (miolo) e cartão 250g/m² (capa) e composto em Garamond